KB005322

시 먹는 여자

시 먹는 여자

펴낸날 2023년 12월 11일

지은이 김태근
펴낸이 주계수 | **편집책임** 이슬기 | **꾸민이** 최송아

펴낸곳 밥북 | **출판등록** 제 2014-000085 호
주소 서울시 마포구 양화로7길 47 상훈빌딩 2층
전화 02-6925-0370 | **팩스** 02-6925-0380
홈페이지 www.bobbook.co.kr | **이메일** bobbook@hanmail.net

© 김태근, 2023.
ISBN 979-11-5858-979-0 (03810)

※ 이 책은 산청군문화진흥기금 일부를 지원받아 제작되었습니다.

☾ P.S 미래시선 2

시 먹는 여자

김태근 시집

언제부터인가 새벽에 눈을 뜨면 시 한잔을 마신다.

잠들 때도 시 한잔을 마신다.

시를 먹으며 하루가 지나가고

한 달이 가고 한 계절이 가고 한 해가 저물어 갔다.

매일 매일 시를 먹는 여자가 되었다.

살아가면서 지치고 힘들 때

꺼내 볼 한 편의 시가 있다는 것이 얼마나 감사한 일인가?

행여 누군가에게 상처가 될까? 행여 마음 상할까?

무거운 말들도 가슴 깊이 묻어 두었다가 '시'라는 이름으로

내면을 향해 소리를 낼 수 있으니 이 얼마나 다행인가?

한 번도 소리 내어 울지 못한 내가 아니라서 참 다행이다.

인류가 끝까지 놓지 말아야 하는 것이 '시'다.

가끔은 나를 흔드는 것들과 전쟁을 벌인다.

바람이 흔들고 지나간 자리에 비까지 쏟아진다.

나는 흔들리되 결코 누군가를 흔드는 사람이 되지 않으리라

다짐한다.

늘 맑은 날씨만 지속된다면 세상은 사막이 될 테니 흐린 오늘에 감사하자.

나를 사랑하는 일에 더 집중하며

내 안의 내가 하는 말에 귀를 기울여야겠다.

나를 향기롭게 다듬는 일이 곧 세상을 아름답게 하는 일이기에….

다시,

다시 일어나 곡비哭婢의 마음으로 시를 쓰고

선한 마음으로 시詩를 노래하고 전하는 나비가 되리라.

오늘도 나는 서툰 날갯짓으로

내가 가진 최고의 것을 세상과 나누며 살아가려고 펄덕이고 있다.

너도 곱고 나도 곱고 우리 모두가 고운 세상,

더 아름다운 세상을 향하여….

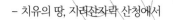

－ 치유의 땅, 지리산자락 산청에서

김태근

차 례

제1부

그대 상처에 향기 날 때까지

해오름달의 연가

일월 해오름달
일월이라 소리를 내어 읽어보면
잎 속에 동글동글 동그라미가 피어난다

거센 폭풍우 눈보라가 휘몰아치고
얼굴 없는 바이러스 곳곳에 퍼져
그대와 나, 지구를 위협해도
'해오름 달'이라 소리 내어 보면
잎 속에 동그란 꽃이 피어난다

해오름달은 처음의 마음이 모두 모이는 달이다
마음이 나이 들어 우울함이 차오른다면
처음의 마음을 소리쳐 불러내 보라
희망까지 대동하여 마음꽃이 피어날 것이다

해오름달에는 우리 다시 일어나
호랑이처럼 당당하게 열두 달을 거닐어보자
마음꽃 향기 지천으로 퍼지도록

다 詩

눈만 뜨면 만지고 싶다
눈을 감아도 만지고 싶다
가슴을 휘돌아 수만 가지 빛깔로 다가와
보이지 않는 마음을 어루만지고 싶다

천 년 전쯤 너를 스치고 지나갔을까
백 년 전쯤 너를 알게 되었을까

어떤 날은 경호강 윤슬로 반짝이다
어떤 날은 적벽산 들꽃이 되었다가
어떤 날은 지리산의 바람이 되어
출렁이다 출렁이다 쓰러진다

무화과

꽃을 감춘 열매를 먹는다

님이 몰래 가슴에 심어 놓고 가신
꽃 한 송이
향기로 가득 찬 그 열매를 먹는다

언제쯤이면
웃으며
밖으로 꽃을 피울 수 있을까

언제쯤이면
환하게
별빛을 보여 줄 수 있을까

사랑을 감춘 무화과를 먹는다

서시

캄캄한 밤이 자꾸만 나를 흔들면
새벽이 오는 길목에 서서
저 넓은 지리산을 바라보라

굳이 지리산 안으로 들어가지 않아도
빈 가슴으로 저 지리산을 바라보라
멀리서 바라만 보아도
아린 가슴에 박힌 가시 하나 녹아내린다

무상무념으로
지리산의 맑은 하늘과
청청한 바람으로 영혼을 씻어 보아라

정갈한 가슴으로 사슴처럼 돌아와
눈 맑고 입 맑은 하루를 시작하라

병실에 앉아서

대학병원 6108호실
병실에 앉아서 시를 읽는다

윤동주 시인의
'하늘과 바람과 별과 시'를 다시 읽는다
박경리 작가의
'버리고 갈 것만 남아서 참 홀가분하다'를
다시 읽는다

병원 천장을 수놓은 시어들 사이로
수많은 얼굴이 보인다
그 얼굴들 사이로 적막이 흐른다

살아서 고독했던 사람
살아서 쓸쓸했던 사람
죽어서도 살아 있는 얼굴
죽어서도 다시 사랑이 시작되는 얼굴
지금, 지금 내 곁을 지켜주는 사람들
그래서 그래서 시를 쓰고 있다

나는 지금 병실에 홀로 앉아
시를 쓰고 있다
그대에게 가는 시를 쓰고 있다

아무나

살다 보면
아무나에게 기대어 울고 싶을 때가 있다

살다 보면
아무나에게 마음을 다 내보이고 싶을 때가 있다

지독하게 외롭고 쓸쓸한 마음이
온통 나를 지배할 때가 있다

무엇으로도 위로가 되지 않고
어디를 가도 낯선 느낌이 사라지지 않는
그런 날엔
나도 누군가에게 아무나가 되었으면 좋겠다

시 詩

네가 보고 싶을 때마다 시를 썼다
한편 두 편 서툰 시를 썼다

일 년 이 년
십 년 이십 년
결국 나는 시인이 되고야 말았다

이제
내가 시가 되는 일만 남았다

절정

단풍이 불타고 있다
계절의 노예가 되어
장대비에 후두둑 그리움이 쏟아진다

아무런 준비도 없이
기습을 당하고 말았다
단풍잎 위로 뜨거운 액체가 뿌려지고

발가락부터 물든 붉은 눈물 자국
온몸을 불태우고 말았다

그대 상처에 향기 날 때까지

언제쯤이면 그대의 웃는 얼굴을 볼 수 있을까요?
언제쯤이면 그대 가슴에 새움이 돋아날까요?
언제쯤이면 그대 상처가 사라질까요?

굽이치던 여름을 건너 가을에 착륙한 그대,
황금 들녘의 평화로움을 만끽하며
그대의 웃음을 훔쳐 간 사람을 지명수배합니다

그대 상처에 향기가 날 때까지
그대 곁에 조용히 머물겠습니다
그대 등 뒤에서 그대를 품고 있겠습니다

그대 상처에 향기가 날 때까지
그대의 그림자 되어 그대 곁에 머물겠습니다

시인 친구가 왔다고

내가 뭐라고 중학교 친구들이 환대를 한다
태근이가 내 친구라고 자랑하고 다닌다며
나에게 사진을 찍자고 하고
직원들에게 선물하겠다고
'지리산 연가'를 열 권이나 사서 사인을 해 달라고 한다

시인 친구가 왔다고
3학년 1반
3학년 2반
3학년 3반
3학년 4반 의동중학교 친구들

본명을 말해야 알 수 있는 친구들
회장 부회장 총무인 벗들이
친구들 환영한다고 볼이 상기되어 뛰어다닌다
의령군청을 지키는 친구는 나의 출판기념회 다녀간 후기를
거창하게 소개하며 선배들에게 자랑하고 다녔다

나를 '시인'이라 불러주는 친구들이
참으로 고맙고 부끄럽다
고향의 벗들 속에서 지나간 추억들을 불러들인다
우리는 의동샘을 오가는 여중생이 되어 일일 당번을 자초한다
세상에서 가장 환한 웃음꽃을 피우며 밤을 밝히고 있다

지리산 연가의 시작

- 2019년 10월 27일 첫 시집 출판기념회

생애 첫 시집 출판기념 시낭송 콘서트가
산청문화원에서 열렸다
이름 높은 사람들이 등장하여 작은 나를 토닥여 주며
축하의 기념패와 꽃다발과 박수를 안겨주었다

큰 박수 속에서 제자분들께서 시낭송으로 축하를 하고
감사 편지로 분위기를 따뜻하게 해 주었다
곱디고운 시낭송가들은 '지리산 연가' 속의 시를 불러내어 낭
송하였다

"김태근 시인이 23년을 준비했다더니
화장실 가는 것도 참고 앉아 있었네, 그 참 좋네"
노시인이 미소 지으며 말했다

사랑하는 시댁, 친정 가족들도 달려와 축하해 주었고
동네 사는 의장님, 면장님, 이장님의 환영사에 이어
강 시인님의 축사가 이어졌다

"김태근 시인은
이미 성공했고 이 출판기념회는 성공한 출판기념회다
왜냐하면 딸래미 체면 깎는다고 안 오시려고 하는 노모를,
몸이 불편한 친정어머니를 이 자리에 모시고 왔기 때문이다
그 마음 하나면 김태근 시인은 이미 성공한 사람이다"

관중들의 박수 소리가 지리산을 흔들었다
과분한 축하 속에서 지리산 연가는 시작되었다

폐업신고

오늘은
내 인생의 문패를 잠시 내리고 싶습니다

다 내릴 수 있도록
다 비울 수 있도록
다 가질 수 없도록
다 품을 수 없도록
아무도 올 수 없도록
폐업 문패를 달고 싶습니다

오늘은
모든 것을 내려놓고
숨 쉬는 것조차 느리게 쉬고 싶습니다
말하는 것도 잊고 싶습니다
생각하는 것조차도 잠시 내려놓고 싶습니다
이런 날도 있어야 한다고
내 안의 내가 나에게 소리칩니다

오늘
나는 나를 폐업신고 합니다

하회탈

오십이 넘어서야
팔십이 넘은 엄마의 얼굴을
손가락으로 어루만져 보았다
난생처음

아버지 기일이 다가온다고
보라색 염색으로 꽃단장을 한
마산띠기 울 엄마
검버섯에 고운 얼굴은 내어주고
주름에 아름다운 미소를
순순히 내어 준 울 엄마

엄마의 얼굴을 어루만지니
금세 하회탈이 되었다
터지는 눈물
내 안에 나도 모르는 우물 하나가 있었다

마산띠기 울 엄마 2

마산띠기 울 엄마
패혈증으로 쓰러져 중환자실에 누워 계신다
산소마스크를 끼고서도
닭장에 계란이며 된장, 간장 가져가라고
큰며느리, 작은며느리에게 이른다
무 배추 파 마늘 양파 가져가라며 큰딸 작은딸에게 이른다

여러 가지 주삿바늘에 지배당한 모습으로
해열제로 뜨거워진 몸을 조율한 채
산소마스크 옆에 퉁퉁 부은 얼굴 시퍼렇게 멍든 팔과 손
미처 의족을 하지 못한 오른쪽 짧은 다리와 성한 왼쪽 긴 다리
아, 어찌해야 할까
가여운 엄마를 어이해야 할까
제발 살려만 달라고 하늘 향해 두 손 모아 본다

중환자실 앞에서 대식구가 모여
눈물범벅으로 기도를 올린다
나의 기도는 이천십구 년 십일월 마지막 밤
십이월 일일의 첫날 밤으로 이어진다

엄마는 낯선 병원 중환자실에 누워있다
나는 익숙한 내 방 침대에 누웠다
서로 다른 곳에 누웠어도
같은 베개를 베고 같은 잠을 잔다
퉁퉁 부운 엄마의 손을 꼬옥 잡고 잠을 청한다

새벽에 눈을 뜨고 내 손을 잡고
내 옆에 누워계시는 것만 같은 마산띠기 울 엄마
신이여!
도와주소서!

소중한 사람

눈을 감아 보아요
눈을 감으면
가장 소중한 것이 보인다고 합니다

가장 소중한 것은
손으로는 만질 수는 없지만
눈으로는 만질 수 있습니다

지금 눈을 감아 보아요
무엇이 보이는지요
어떤 사람이 보이는지요
어떤 것들이 보이는지요

하던 일 멈추고
조용히 눈을 감아 보아요
지금 감은 내 눈 속에 보이는 사람이
가장 소중한 사람입니다

노을에게

어쩌면 이리도 고울까
어쩌면 저토록 아름다울 수 있을까
어쩌면 이리 고운 빛깔을
저녁마다 내어주는 것일까
나는 무엇을 내어줄 수 있을까

보고 싶은 사람이 있기에
그리운 사람이 있기에
보고 싶고 그립고 그리워서
밤마다 이렇게 물드는 것이라고
바닷가 노을이 내게 말한다

나도 그리움 보듬고
너처럼 물들고 싶다고
너처럼 아름답게 물들고 싶다고
노을에게 느릿느릿 말을 건넨다

시 먹는 여자

아침저녁 두 끼를 시로 채운다
사라진 도서관을 씹어 먹고
사라진 시집을 씹어 삼킨다
땀내 나는 시집을 씹어 먹는다

시로 허기를 채우는 여자
밥 대신 시를 먹는 여자
반찬 대신 시를 먹는 여자
술 대신 시를 먹는 여자

하루는 배탈이 나고
하루는 설사를 하고
하루는 고열에 시달리고
또 하루는 가쁜 숨을 내쉰다

그래도
눈만 뜨면 시를 먹는 그 여자
그래서
오늘을 숨쉬는 그 여자

다시

'다시'라는 말 속에는 무한한 꿈이 들어 있다
다시 꿈을 꾸자
다시 처음처럼 꿈을 꾸자

'다시'라는 말 속에는 용기와 희망이 들어 있다
다시 용기를 가지고 글을 쓰자
늦었다 포기하지 말고 다시 희망을 품고 도전하자

'다시'라는 말 속에는 사랑이 앉아있다
다시 처음처럼 사랑하자
떠오르는 모습 지는 모습까지 아름다운
저 태양처럼 다시 사랑하자
상처 하나 없는 것처럼 처음의 가슴으로 사랑하자

새해 첫 하늘이 열리는 날
다시 일어나 처음처럼 시작하자
다시 시작하자

제2부

심장 수선집

미로

꽃잎이 환한 길 속으로 들어갔습니다
매일매일 거닐었습니다
그곳에서 산새도 만났습니다

산새가 날자 꽃잎이 떨어집니다
들어가는 길은 저절로 찾았으나
돌아 나오는 길을 찾을 수가 없었습니다
너무 깊이 들어가 나오는 길을 잃었습니다

울음은 흘러나오지만
길을 밟을 수 없는 새장 속의 새처럼
나는 남은 길을 예측할 수 없습니다
불현듯 공포가 머리칼을 세웁니다

어쩌면
나오는 길을 잃어버리고 싶었는지 모르겠습니다
차라리 영원히 끝이 없는 길이었으면
차라리 영원히 알 수 없는 미로였으면

은어

노을이 부서진다
경호강이 부서진다

강물이 깨진다
유리컵처럼 햇살이 깨진다
부서진 노을은 여울목이 되고
내 눈가의 주름이 된다

소리 없이 부서지는 것들
흩어지는 것들

네가 여울목을 지나친다
부서진 네 그림자는
무엇으로 모을 수 있을까

여울목에서 나는 기다린다
밤이 되면 별빛이 찾아오듯
너를 기다리며

나는 두 손 모은다
여울을 위해
네 그림자를 위해

부서진 것들을 위하여

부서진다
우르르 쾅쾅
천둥 치듯 일순간에 부서진다

깨진다
유리잔이 깨진다
쨍그랑 깨진 유리 조각은
무엇으로 붙일 수 있을까

부서진다
노을이 부서진다
부서진 노을은 눈가에 주름이 되고

사랑이 부서진다
소리 없이 부서진 사랑은
또 무엇으로 회복할 수 있을까

기다리면 지구를 돌아 다시 돌아올까
참회하면 다시 봄이 되어 돌아올까
깨진 마음이 다시 돌아올까

지구의 밤이 되면 두 손을 모은다
부서진 유리잔을 위하여
부서진 것들을 위하여

파리로 간 소녀에게

날아오른다
바람 타고 구름 타고
하늘 속으로 날아오른다
하늘을 날아 파리로 파리로
열두 시간을 훨훨 날아간 소녀

낯선 지구 한 모퉁이에서
낯선 공기를 마시며
에펠탑 앞에서 두 팔을 뻗어
갇혀 있던 나래를 활짝 펴는 소녀야

소녀야 어여쁜 소녀야
소녀를 따라서 가벼운 육신으로 날고 싶다
먼지 가득한 마음을 세척하고 싶다
가난한 어깨를 쭉 펴고
소녀처럼 하늘하늘 날아보고 싶다
얇아진 가슴을 다해
허공을 전세 내고 싶다

소녀야 파리로 간 소녀야
아름다운 지구를 날아다니는 소녀야
너의 온몸이 날개가 되어
사랑으로 날아 날아올라라
더 크고 더 소중한 꿈을 꾸는 소녀야

어머니

동백꽃이 달빛을 물고 노래한다

내 어머니도
헤일 수 없이 수많은 밤을 노래한다
티브이 속 이미자가 되어
동백아가씨를 이미자보다 더 열창하던 어머니
'헤일 수 없이 수많은 밤을
내 가슴 도려내는 아픔에 겨워
얼마나 울었던가 동백 아가씨'

어머니 닮아 눈물이 많다고 단정 짓는 중년의 여인
구름보다 외로움을 많이 타는 것도 어머니 탓이고
갈대보다 더 잘 흔들리는 것도 어머니 탓이라고
어머니를 원망하고 원망한다

행 갈이 하듯 떨어져 내리는 동백 꽃잎
비뚤비뚤 헝클어진 머리카락을 넘기며
어머니가 불렀던 동백아가씨를 목청껏 부른다
노래를 부르는 것이 아니라
어쩌면 어머니를 부르는 것인지도 모른다

달빛이 훤하게
동백나무 속살을 비추니
동백이 후두둑 운석보다 빨리 떨어진다

봄의 시작

뒤뜰에 봄 까치꽃이 봄을 물고 와 웃고 있다
보랏빛으로 빛나는 작디작은 꽃망울
뭐라고 말하듯 가늘게 떨리는 꽃망울

입말을 내뱉지 못해 입술만 파르르 떨고
얼굴은 울그락붉으락 피카소 그림을 그린다
겨우내 땅속에 숨겨 둔 비밀
말할까 말까 입술만 떨고 있는 봄 까치꽃

한입 가득 햇살 베어 물고
갑자기 터지는 작은 꽃망울
보랏빛 향기로 조심스럽게 고백한다

비로소 지구의 봄이 시작되었다

그 길

마음이 닫혀 들어갈 수 없는 길
한사코 그 길을 걸어가려고
날마다 헛발질을 반복합니다

가시투성이로 막혀있는 길을
가시에 찔려 피투성이가 되어서도
기어이 그 길을 가려고 애를 태웁니다

마음으로 잠금장치를 걸어 놓은 길
비밀번호를 건져내
기필코 그 길을 걸어가겠습니다

다시 믿음의 싹을 틔워
다시 어린 연둣빛으로 창을 내어
그 길을 향해 걸어가겠습니다

아무것도 하지 않기로 한다

낮설다
모든 것이 낮설기만 하다
스스로의 모습조차 낮설다
몸속에 든 눈물이란 눈물은
모두 다 세상 밖으로 내보내도
처음처럼 솟아나는 눈물

꽃이 등을 돌린다
오로지 막차의 기적 소리만
온 세포 속으로 파고든다

잠을 자던 상처가 카르마로 재생되어
손가락 깨물고 발톱을 뽑아가고
머리카락을 한입 물고 비틀거린다

낮설다
모든 것이 낮설기만 하다
조용히 하나씩 하나씩 떠나보내고
아무것도 하지 말기로 한다

앞모습은 실종되고
뒷모습만 보이는 낯선 세상
아무것도 하지 않기로 한다
너무 열심히 살지 않기로 한다
사랑하는 일도 멈추기로 한다

그립고 그리워서

참다가 참다가
다시 너를 찾아 나선다
울다가 울다가 다시 너를 찾는다

작은 너 때문에 아프고 아파도
너를 찾아 나선다
네 생각에 잠 못 들고
밤을 하얗게 새워도
아침이면 나는 네가 그리워진다

이 지독한 그리움 아무도 막을 수 없다
신도 막을 수 없다
그 누구도 막을 수 없다

사랑보다 진한 이 그리움
매화 향기보다 진한 이 그리움
그립고 그리워서 너를 찾아 나선다

그립고 그리워서
다시 작은 너를 찾아 헤맨다

동백 울음

열병을 앓는다
붉게 타오르는 동백

타오르는 동백에 나는 앓고 있다

붉게 타드는 꽃잎처럼
쏟아져 내리는 소낙비처럼
흩어져 내리는 눈물처럼

서럽게 타오르는 동백

내 가슴에 하얀 재가 쌓인다
내 가슴 노을처럼 울음으로 번진다

노을보다 붉다

어떤 결심

오늘은
내 안의 상처를 모아서 시를 쓴다

내일은
사랑의 향기를 모아서 시를 써야겠다

오월의 장미는 가시에서 향기가 난다

오월의 장미 향기를 맡는다
꽃잎에 간지럼을 태우면
어질어질 꽃멀미를 한다

꽃향기가 혈관을 타고 소리 없이 흐른다
코와 목을 타고 흐르다가
상처투성이로 무너진 가슴속으로 흐른다

메마르고 시린 가슴에도
훈훈한 온기를 채워준다
가시에서도 향기가 난다

아찔한 가시를 품은
그대처럼,
치명적인 유혹에 빠진다

오월이 저물어 가고
가시마다 향기를 쏟아낸다
오월의 장미는 가시에서도 향기가 난다

심장 수선집

무엇을 해도 집중을 멀리하는 두뇌
두 다리는 산책길을 걷는데
가슴은 한쪽으로만 기울어져 걸어가고 있다

지독한 그리움에 걸린 심장을 어찌해야 하나
이 그리움에 멍든 심장을 어떻게 수선해야 하나
옷을 수선하듯
심장을 수선해 주는 심장 수선집은 없는 걸까

심장을 고쳐주는 수선집이 있다면
비상금을 털어서라도
대출통장을 만들어서라도 고쳐보고 싶은데

내 심장에 바늘을 꽂아
그대 멍든 가슴에 수혈을 할 수 있다면
그 멍을 내 가슴으로 옮길 수만 있다면
그리하여 그대 멍 자국이 사라질 수 있다면

처음처럼 흐르는 맑은 피로 돌아갈 수 있을까

적신다

쏟아진다
여름을 몰고 오는 비가 쏟아진다
경호강물에 더하기를 하며 쏟아진다
밤새 들락날락거리던 그리움이 쏟아진다
사랑했으므로 아팠던 기억들이 쏟아진다
사랑했으므로 견뎌야 했던 날들이 쏟아진다
사랑이라는 이름으로 참아낸 세월들이 쏟아진다
그것들을 죄다 소환하여
어둠 속으로 던지고 모른 척 아닌 척 돌아선다

던져버린 기억들이 다시 돌아와
빗줄기를 타고 빠르게 내 머리카락을 적신다
머리카락을 적시고 눈썹을 적시고
목을 타고 내려와 어깨를 적신다

결국
가슴까지 점령당하고 마는 그 그리움

운무 속 지리산을 향해

운무 속에 얼굴을 감추고
종일 나타나지 않는 지리산
쉬고 싶었나 보다 아니 꼭꼭 숨고 싶었나 보다
나처럼

맑은 얼굴로 환하게 웃으며
작은 것도 헤아려주며
날 오라 손짓하던 지리산이
오늘은 좀처럼 얼굴을 보여주지 않는다

단단히 마음의 빗장을 걸어두었나 보다
운무 속에서
파리하게 멍든 가슴 풀어헤치고 목 놓아 울고 있는지도
나보다 더 아프게 울고 있는지도 모르겠다

하루 내내
기다리고 기다려도
좀처럼 얼굴을 보여주지 않는 지리산

기다림을 밀어내고 운무 속으로 들어가
한 번도 걸어보지 못한 길을 절뚝이며 걸어갔다
낯선 이 길도 언젠가는 익숙해질 것을 믿는다

걷고 또 걷는다
지리산을 향해
천왕봉을 향해

무슨 복이 많아서

87세 시인께서 손수 농사지은
감자를 한 포대나 담아 주신다
이 감자를 받아도 되는 걸까
이 감자를 먹어도 될까
무슨 복이 이리도 많은 걸까
나는 무슨 복이 이리도 많은 걸까

하루하루 약 봉투로 견디시는 노시인,
지팡이를 짚고 보잘것없는 내 출판기념회에 오셔서
밤새 쓴 시를 선물해 주시고 다시 지팡이를 짚으신다

제목 '구름에게'

'온 누리를 향해
낭랑한 목소리로 명시 낭송하라
평화로운 세상을 위하여'

나도 87세까지 산다면
후배 시인을 위해 시를 쓰는 사람이 되고 싶다
나도 김규정 시인처럼
손수 키운 소중한 것을 나누고
깊은 정을 나눌 줄 아는 시인이 되고 싶다

아, 나는 무슨 복이 이리도 많은 것일까?

시의 향기를 전하는 나비

아침 햇살에 시를 들려주고
불어오는 바람과 구름
이름 모를 풀꽃과 나무
저녁노을에 시를 들려주고 싶다

꽃의 향기를 전하는 나비처럼
시의 향기를 전하는 나비가 되어
시를 낭송하고 싶다

너의 상처에서 향기가 나고
나의 상처에도 향기가 나고
우리의 상처에도 향기가 날 때까지
시를 낭송하고 싶다

시의 향기를 전하는 일은
꽃다발 한 아름을 그대 품에 안기는 일이다
누군가의 가슴에 시 한 편을 전했다면
오늘 하루를 가치 있게 산 것이다

살아가면서 단단히 꼬여버린 수많은 매듭들
마음속에 생긴 깊은 우물 하나
그 매듭과 우물 속에서 벗어나
오늘도 내일도 시의 향기를 전하는 나비가 되리라

훨훨 날아 구멍 난 그대 가슴에
시의 향기를 전하는 나비가 되리라
가슴을 열고 시를 낭송하는
아름다운 나비가 되리라

소방관을 위한 시

바람이 불고 비가 오는 날에도
눈이 오고 폭풍우가 몰아치는 날에도
당신은 위기에 처한 사람들을 구하기 위해
숨 막히게 달리고 또 달리고 있겠지요
당신은 오늘도 사건 사고 현장에서
한 생명이라도 더 구하기 위하여
물속으로 불 속으로 뛰어들고 있겠지요

그러나 이제는 잠시 쉬어 보세요
걸음을 멈추고 천천히 숨을 쉬어 보세요
달리지도 말고 애태우지도 마세요
따뜻한 시로 마음을 어루만져 보세요
스스로를 토닥토닥 토닥토닥 쓰다듬어 주세요

누군가의 아들이고 딸인 당신
누군가의 아버지이고 어머니인 당신
당신은 그 무엇보다도 소중하고 아름다운 존재입니다
당신은 충분히 위로받고 더 존경받아야 합니다
당신은 당신은 우리의 사랑이고 대한민국의 희망입니다

제3부

지리산은 말이 없다

글 기둥 하나 붙들고 여기까지 왔네

- 하동 '박경리 문학관'에서

박경리 기념관 입구에서 멈추었다
박경리 작가님이 나를 바라보듯
떡하니 나를 바라보는 문장
'글 기둥 하나 붙들고 여기까지 왔네'

그저 반해서 넋을 놓아버린 문장
내 마음 같아서 눈물이 나는 문장
세상 그 어떤 문장이 내 가슴을 이처럼 빠르게 뛰게 할까
세상 그 어떤 문장이 내 가슴을 이처럼 출렁이게 할까
글 기둥 하나 붙들고 살아가는 사람들

다시 글 기둥을 꼭 붙잡고
살아가거라 낮은 목소리로 일러주는 것만 같다
그래그래 글 기둥 하나 붙잡고 다시 시작하자
평사리 들녘의 노을이 나를 붙잡는다

회화나무

지치고,
눈물이 나는 날엔
내 어깨에 기대어 울어도 괜찮아
내 어깨를 전부 내어줄게
너의 가슴속 상처가 꽃으로 필 때까지

지리산

지리산이 끄적인다
둥글게 떠오르는 아침 해를 보며 희망을 끄적인다
노을을 바라보며 낯선 행 갈이를 시도한다
계절 따라 부지런히 연 갈이를 반복한다

지리산이 시를 쓴다
지리산이 쓴 시를 읽으려고 몰려드는 사람들

지리산은 어느새
꽃과 나무와 바람과 구름을 대동하여
한 권의 시집을 엮고 있다

의자

그대만이 앉을 수 있고
그대만이 만질 수 있다
봄여름갈겨울
기다리는 빈자리 하나
다시 돌아올 그대를 위해 비워둔

사량도에서

차디찬 침묵과 악수하며
견뎌온 성찰의 나날이 스친다
상처를 쓸어내느라
마음과 마음을 만지며 침묵의 언어로 서 있다

백 년 같은 일 년이 흘러가고
천 년 같은 날들이 흘러가고
사량도 섬에 뿌려지는 세월

누군가는 이 섬에서
상처를 보듬고 울었을지 모른다
누군가는 이 섬에서
첫사랑을 고백했을지 모른다
누군가는 이 섬에서
그리움을 남겼을지도 모른다

이 섬에서는 파도가 주인이다
아니 상처 난 가슴이 주인이다
아니 그리움이 주인이다
사량도의 바람과 하늘이
사량도의 출렁이는 파도가
내 방까지 따라와 누웠다

파도의 팔베개를 베고 누웠다

초 한 자루 밝히며

초 한 자루 밝히기만 해도
혼돈 속에 파도치던 마음이 고요해진다
초 한 자루 밝히기만 해도
종일 부대끼고 지친 마음이 편안해진다

돌덩이처럼 단단해진 마음
그 틈새로 촛불이 들어온다
아무것도 사랑할 수 없을 것 같은 메마른 가슴
그 가슴을 비집고 촛불이 들어온다
모든 것이 멈춘 듯한 캄캄한 어둠
그 어둠을 뚫고 조용히 촛불이 걸어온다

꾹꾹 눌렀던 눈물 촛농처럼 흐른다
꽁꽁 얼어붙었던 마음 촛불처럼 피어난다

초 한 자루 밝히는 것이 치유의 시작이다
초 한 자루 밝히는 것이 성찰이며
용서에 이르는 길이다
초 한 자루 밝히는 것이 감사의 시작이며
초 한 자루 초 한 자루 밝히는 것이
사랑의 시작이다

첫눈처럼

갑자기 매화가 보고 싶었다
첫눈을 핑계 삼아 달려갔다
남명선생의 정신이 뿌려져 있는
지리산 아래 산천재 속으로 들어갔다

하얀 눈을 온몸으로 맞으며
매서운 추위를 견디고 서 있는 남명매
누구를 위해서인지 묻지 않았다
봄날, 꽃을 피우기 위해서인지도 묻지 않았다

지천명의 어린 하소연
눈처럼 받아주고 사랑으로 보듬어 주는 남명매
괜찮아, 괜찮아 손을 잡아주는 남명매
사람은 관계에서 상처를 남기기도 하지만
수백 살 먹은 남명매는 상처를 주는 법이 없었다

남명매에게 반해버린 이유
묻지도 않았는데 입맞춤으로 답했다
입맞춤은 끝을 잃어버렸다
폭폭 내리는 첫눈처럼

마름달의 기도

마름달에는 열 장의 달력을 넘기며
살아온 날들을 다독이게 하소서
한 장 남은 12월의 달력을 소중히 여기게 하소서

마름달에는 스스로를 돌아보게 하소서
누군가에게 상처를 주었는지 돌아보게 하소서
잘못한 것은 냉철한 모습으로 반성하게 하소서
살아오면서 잘한 것은 "참 애썼어" "참 잘했어"
칭찬의 말로 더 큰 용기를 가지게 해 주소서

못 볼 것을 보았다고 눈을 감지 않게 하소서
오히려 눈을 더 크게 뜨고
아름다운 자연풍경에 진실한 눈을 머물게 하소서

누군가의 말에 상처를 받았다고 입을 닫지 않게 하소서
오히려 입을 열고
"괜찮다 괜찮아 잘 될 거야" 긍정의 말로 꽃피게 하소서

가시 돋친 말을 들었다고 귀를 닫지 않게 하소서
오히려 조용히 귀를 열고
촛불을 밝히고 마음이 하는 소리에 귀를 기울이게 하소서

좋지 않은 기억은 지는 저녁노을 따라 흘려보내고
좋은 추억은 환한 햇살처럼 간직하게 하소서

마름달에는 눈을 열고 귀를 열고
입을 열고 마음을 열어 살아있음에 감사하게 하소서

이 아름다운 세상
꽃 같은 사람들과 함께 살아갈 수 있음에 감사하게 하소서
그리하여 한 줄의 시로 지친 가슴을 어루만지게 하소서

시 한 줄이 마음속으로 들어가

시 한 줄이 마음속으로 들어가
세상이 온통 어두워도
한 줄기 찬란한 빛이 되기를

시 한 줄이 마음속으로 들어가
그 무엇으로 인해
상처받은 마음을 어루만져주기를

생애 가장 아름다운 선물이
'나'라는 존재임을 느끼고
자신이 얼마나 소중한 존재인가를
느끼게 되기를
풀꽃과 나무와 하늘
가족과 이웃의 소중함을 느끼게 되기를

시 한 줄이 마음속으로 들어가
절망 속에서도
바닥을 딛고 일어나
새로운 길로 걸어가는 사람이 되기를

시 한 줄이 마음속으로 들어가
그 어떠한 바이러스도
두려워하지 않으며 견딜 수 있기를

흔들리는 꽃처럼
비와 바람에 젖으면서도
한 송이 고운 꽃으로 피어나기를

시 한 줄이 마음속으로 들어가
스스로를 진정으로 사랑하고
서로서로 사랑하며 살아가기를

시 한 편을 적으며

- 시낭송 필사노트를 선물하며

아침마다 신문과 텔레비전 뉴스를 독차지하는 코로나와
알 수 없는 변종바이러스는 잠시 잊고
조용히 앉아서 시 한 편을 적어보아요
마음의 치유가 일어나 청청한 마음과 만나게 될 것입니다

걱정과 원망, 시기와 미움도 모두 다 벗어놓고
한 편의 시를 적어보아요
그 순간만큼은 천사처럼 착한 사람이 될 것입니다

자신이 지은 시도 좋고 유명한 시인의 시도 좋아요
지인이 습작한 시도 좋고 지역 시인의 시도 좋아요
마음이 끌리는 시 한 편을 적어보아요
그 순간만큼은 마음의 부자가 될 것입니다

시어의 의미를 되새겨 보며
시를 적는 그 순간만큼은 이성과 감성이 깨어나
사색의 날개 위로 풍요로운 삶이 나래를 칠 것입니다

정성을 모아 애송시 백 편을 적어보면
마음의 꽃이 환하게 피어날 것입니다
어둠의 그림자는 사라지고 세상은 환한
시 꽃으로 물이 들 것입니다

시 한 편을 필사하는 일은 치유의 길이며
시낭송의 시작입니다

지리산은 말이 없다

지리산은 말이 없다
말없이 긴긴 역사의 아픔을 품어 준다
전쟁과 공포로 숨어든 이들을 다 보듬어 주었고
시시때때로 굶주린 이들의 아우성을 품어 주었고
이름 모를 야생화에게도
희망과 사랑으로 품어 주는 지리산

지리산은 말이 없다
말 없이 내 생애 가장 큰 아픔을 품어 주었다
지리산은 언제나 내 눈물을 받아주었다
자신의 아픔은 다 감추고
내 상처를 조용히 어루만져 주었다

하얀 눈 덮인 그 능선마다
폭풍우 훑고 지나간 골짜기 골짜기마다
통곡 소리 바람 소리 들려오는 계곡 사이로
부지런히 새움을 틔우고 새날을 준비하고 있다

지리산은 언제나 말이 없다
어제도 오늘도
연둣빛 새 생명을 잉태하며
느릿느릿 힘껏 겨울을 건너가고 있다

산수유

지리산 자락에 일제히 등을 밝힌다
노오란 등을
동쪽과 서쪽, 남쪽과 북쪽에도
지상에 등불이 켜진다

흰 마스크 검정마스크로 입을 막고
느린 걸음으로 표정 없이 오가는 이들을
토닥토닥 토닥여 주는 너
노오란 등을 밝히고 별처럼 빛나면 그만일 텐데
쉼 없이 연일 바쁘다

'얼마나 힘들었니'
'얼마나 아팠니'
'다 지나갈 거야'
'곧 노오란 희망이 피어날 거야'
마스크 쓴 사람들의 눈동자에 내리는 별빛
사람의 가슴을 별이 뜨는 소리 들려오고

살얼음판 시샘달을 넘고 넘어
물오름달 칠일에 지리산을 환하게 밝히는 너
봄앓이를 핑계 삼아
너의 지배 속에 갇히고 싶다

노오란 너의 지배 속에 갇힌 온전한 봄이다

기도

벚꽃이 지고 새잎이 돋아난 잎새달
갑자기
집 앞 학교 운동장에 천막이 드리우고
하얀 방역복을 입은 사람들이 흐린 공기 속을 오간다

아이들, 학부모들, 낯익은 선생님과 낯선 선생님들,
다들 상기된 얼굴로 맥없이 줄을 서 있다
거리두기, 사람과 사람 사이에 간격이 낯설기만 하다

아이들의 놀이터였던 학교 운동장
아이들의 웃음소리 넘실거리던 학교 운동장이
순식간에 총칼 없는 전쟁터 같다

나도 모르게 두 손을 모은다
아무도 모르게 다가오는 무서운 침묵의 코로나19 바이러스
이미 소리 없는 전쟁은 시작되었다

그 어느 절대자를 향해
그 어느 신을 향해 두 손을 모은다
코로나로부터 우리를 지켜주소서
이 나약한 사람들을 부디 지켜주소서

부디 이 간절함이 가 닿기를

산 같은 사람

뒷모습만 봐도 편안한 사람이 있다
뒷모습만 봐도 고개가 숙여지는 사람이 있다

힘들다 하소연하지 않아도 내 마음을 읽어주는 사람
진흙 속에서도 피어나는 연꽃처럼 살라고
'연당蓮塘'이라는 아호를 지어주신 사람

붓끝으로 세상 시름을 다 품어 주는 사람이 있다
낮은 곳에 있어도 가장 높은 사람
아버지의 먹 냄새를 닮은 사람
뒤를 따라 걷기만 해도 마음이 든든한 사람이 있다

차 한 잔을 나누기만 해도 마음이 가득해지는 사람이 있다
좋은 기운만 내게 주려는 사람
아낌없이 주려고 돌아보는 사람
보잘것없는 나를 큰 사람이라고 말해주는 사람
나에게 인맥의 날개가 되어주는 사람

나도 누군가에게
그런 산 같은 사람이 될 수 있을까

그대에게

햇살을 한 소쿠리 담아서 그대에게 가고 싶다
연둣빛 나뭇잎 소리 없이 흔들리는 날,
함께 흔들리자고 손을 내밀며 그대 곁으로 가고 싶다
나 그대에게 가고 싶다

지천으로 깔려있는 고요한 바람이
구름으로 변신하여도
그럼에도 불구하고 그대에게 가고 싶다
나 그대에게 가고 싶다

하루에
수백 번도 더 마음을 열었다 닫았다
나 오늘 그대에게 갈 채비를 하고 있다

코로나19 터널

2022년 4월 7일
코로나19 확진자가 되었습니다
제발 음성이길 기도하는 바람에도 아랑곳없이
두 줄로 뚜렷하게 양성반응이 나왔습니다
남의 이야기로만 생각했던 일이 저의 일이 되었습니다

의사가 약을 처방해주며
7일 동안 자가 격리하라고 했습니다
보건의료원에서도 신속한 안내 문자가 날아들었습니다
학교와 강의, 일상을 모두 일주일 뒤로
연기를 했습니다

눈부신 봄 햇살이 어둠처럼 다가왔습니다
연분홍 자태를 뽐내는 벚꽃도
검정색처럼 보였습니다
꼼짝없이 서전 골든뷰 601호 감옥에
갇히고 말았습니다
하루하루 증상을 심해지고 목이 아파서
말하기도 힘들었습니다
간절한 마음으로 기도하며 지냈습니다
아파트 문 앞에는 과일과 먹을 것들이
쌓여가고 있었습니다

걱정하는 마음과 음식을 배달해 주는
고마운 사람들
그 고마운 사람들을 생각하며
하루하루를 견뎌내고 있습니다
이 찬란한 봄날,
나는 코로나19의 긴 터널을 지나가고 있습니다

저와 같은 터널 속에서 힘들어하는 사람들이여
조금만 더 견뎌보아요
우리 보이지 않는 곳에서도 서로를 토닥여 주며
이마저도 감사하는 마음으로
조금만 더 견뎌보아요
이 터널을 지나고 나면 연둣빛 세상이
그대를 맞이할 것입니다

마음의 소리를 들어라

좌절하고 힘들 때는 누군가에게
위로를 받고 싶다고 말하라
가까운 친구에게 전화를 해서
바다 보러 가고 싶다고 말해 보라
친구와 바다 그리고 바람이
그대에게 속삭여 줄 것이다

누군가가 그대를 비난하고 욕하면
맞서서 싸우지 말라
안으로 주먹을 쥐되 밖으로는 인내하며
스스로를 돌아보아라
억울함과 분노의 소리를 지나
축복의 소리가 들려 올 것이다

내면이 아프다고 소리칠 때
마음이 하는 소리를 들어 주어라
억누르지 말고 어디가 아프냐고
단 한 번만이라도 물어보라
아픈 곳을 알게 되면 토닥토닥
진심을 다해 어루만져 주어라

그대를 흔드는 그 무엇 앞에서
흔들릴지라도 꺾이지는 말라
모든 새싹은 겨울을 이겨내고 돋아나듯이
인내하여 다시 피어나라
혹독한 겨울바람이 지난 자리에 매화는
꽃망울을 터트리지 않는가

모든 것을 내려놓고 싶을
때 그대 마음을 닮은 시 한 편과 마주하라
시를 눈으로 읽고 목소리로 읽고
가슴으로 읽어보아라
그러면 텅 빈 듯한 공허한 마음이
하나둘 채워질 것이다

그대여! 모든 사람에게
좋은 사람이 되려고 하지 말라
좋다는 말만 들으려고 하는 것은
과욕임을 깨우쳐야 한다
먼저 자신과 관계가 좋아야
남과 관계도 좋아진다는 것을 잊지 말라

그대여! 마음의 소리에 귀를 기울여라
그래야 내면이 윤슬처럼 윤기가 나고 반짝일 것이다
내면이 빛이 나면 어둠 속에 있더라도
그대는 아름답게 빛날 것이다

참 좋은 사람

네가 있어서 참 좋다

네가 있어서 나뭇잎도 더 푸르다
네가 있기에 윤슬이 더 반짝인다
네가 있어서 장미도 더 붉게 타오른다
네가 내 곁에 있어서 하늘도 눈부시다

네가 있어서 참 좋다
내 곁에 네가 있는 날
그날이 가장 좋은 날이다

네가 있어서 참기 힘든 일도 참아냈다
네가 있어서 험한 말도 가슴에 묻어 두었다
네가 있어서 오늘을 살아냈다
네가 있어서 참 좋다
네가 참 좋다

진달래 사랑

그대가 올 줄 몰랐어요
벌써 그대가 오시다니요
분홍빛 등불 켜 들고
들을 넘고 강을 건너 엄혜산으로 오시다니요

코로나에 등 떠밀려
잠자는 운동화를 꺼내 신기를 참 잘했네요
해발 226미터 엄혜산이 온통 그대 향기로 가득하네요

우와
감탄사를 던지며 산을 오르는 사람들
마스크 한 입으로 서로에게 어색한 안부를 전하네요

왜 이제야 왔느냐고
왜 그리 무심하냐고
왜 마스크를 하고 그대를 맞이해야 하느냐고
한마디 원망도 없이 분홍빛 미소만 날리네요

그대가 온 줄 이제야 알았네요
코로나를 뚫고 그대가 오시다니요
아니 올 줄 알았는데 그대가 오시다니요
눈을 딱 감고 그대 입술을 훔치고 싶어요

벌써, 그대가 오시다니요

시 한잔 하시겠어요

바람이 구름을 데리고 와 눕는 날
국화 향기 닮은 시 한잔 하시겠어요?

햇살이 대지를 파고 드는 날이 아니어도
풀꽃과 나무를 벗 삼아 시 한잔 하시겠어요?

빗방울 소리 벗삼아
가슴 토닥이는 시 한잔 하시겠어요?

눈꽃 하얗게 피어나는 날
첫사랑의 호흡 건져 올리며 시 한잔 하시겠어요?

평생을 동행하는 사랑의 숨결,
내 안의 나를 불러내어 시 한잔 하시겠어요?

맑은 숨길 위 그리운
인연의 발자국을 수 놓으며 시 한잔 하시겠어요?

외롭고 지친 삶의 무게로 휘청일 때
마음을 어루만지는 시 한잔 시 한잔 하시겠어요?

오늘은 그대의 영혼조차 물결처럼 내려놓고
별빛마저
뜨거운 시 한잔 하시겠어요?

풍경 소리

한 번만 들어도
마음이 고요해진다

소리는 어둠 속으로
울려 퍼지는데
내면은 오히려 조용해지니
이 무슨 조화인가

저 은은한 소리
하나만으로도
내면의 치유가 인다

저 소리 하나만으로도
충만해지는 하루
무심무욕으로 고요해지는 시간

내면의 소리가
풍경 소리와 만나 하나가 되는 순간이다

제4부

행과 연의 향기

봄 앓이

자꾸만 심장이 쿵쿵거렸다
너를 보면 또다시 쿵쿵
희망이라는 이름으로 쿵쿵

너를 보면 두근두근
놀란 가슴은 쉼 없이 두근거렸다
아픔이라는 이름으로 두근두근

처방전이 필요한 봄날이다
어디로 가서
누구에게 어떻게 발급을 받아야 하나

아니 아니
그냥 있는 그대로
지금 느끼는 이대로 쿵쿵 두근두근

새벽이 주는 선물

잠 못 이루는 밤이 새벽길로 안내한다
적막한 새벽의 이정표 속으로 들어간다

소리 없는 새벽은 전부 내 것이로다
촉촉한 운무도 전부 내 것이로다
잔잔한 경호강물도 내 것이로다
변함없는 엄혜산도 내 것이로다

불면의 밤이 주는 선물이라고
속절없이 우기고 우겨 본다
이유 없이 참기만 했던 날들을 위로하듯
그럼에도 살아 살아내는 날들의 보상인 듯
고요한 새벽을 과하게 독차지하고 있다

새벽이
그녀의 아픔과 상처들을 다 삼켜버렸다
이 새벽이 주는 선물
새벽이 주는 선물에 고개를 숙이고 몸을 낮추었다
새벽길을 걸으며 마음을 씻어내는 법을 배웠다

그대가 꽃입니다

꽃이 피었다고
"봄나들이 가요"라며
달려온 그대가 꽃입니다

동의보감촌 인파 속에서
"너무 아름다워요"라며
환하게 웃고 있는 그대가 꽃입니다

은은한 약초 향기 속에서
사랑을 속삭이는 두 사람
그대들이 꽃입니다

산청 동의보감촌에 오면
그대도 나도 꽃이 됩니다
우리는 모두가 꽃입니다

시낭송의 꽃

가녀린 활자에 따뜻한 감정이 들어가니
활자는 숨을 쉬며 활자꽃을 피운다
수많은 사람들의 입을 지나온 언어들이
저마다의 빛깔로 '말꽃'을 피운다
말모이의 꿈이 시낭송의 꽃으로 피어난다

언어의 사원에 자음과 모음이 일제히 모여든다
시가 된 활자가 목소리를 타고 세상 밖으로 나와
너를 토닥이고 나를 토닥인다
우리의 마음에 '시낭송꽃'이 피어난다
아름다운 우리의 한글이 더욱더 한글다워진다

활자가 활자다워지고 언어가 언어다워지고
마음이 마음다워지고 사랑이 사랑스러워진다
어른이 어른다워지고 학생이 학생다워진다
시낭송꽃으로 사람이 사람다워진다

지구 곳곳에 시낭송꽃이 피어나
지구를 푸르게 회전시킨다
다시 그대 향한 하얀 발걸음을 재촉한다

다시 피어나는 봄

아무도 가지 않은 가시밭길을 지나
낙조의 쓸쓸함을 건너간다
또다시 시작되는 캄캄한 밤을 넘어
알 수 없는 어두운 터널 속으로 들어간다

옅은 어둠에 짙은 어둠을 더하고
외로움에 고독을 더하기 하고
실수에 실패를 거듭하기만 한다

남몰래 품은 상처 내 마음속에 웃자라
한없이 연약하기만 하여라
그래도 다시 사랑하리라
그럼에도 불구하고
온 우주의 기운으로 피어나리라

하늘 아래 나 살게 하는 빛이여
천 길 낭떠러지에서도
나 다시 일어나게 하는 빛, 어린 연둣빛이여

아름다운 여인이여

들꽃 같은 미소로 친절을 수놓는 여인이여
언제나 은은한 눈빛으로 사랑을 속삭이는 여인이여

두 손으로 조물조물 만들어 낸 빵과 음식들
따뜻한 정성과 사랑을 가득 담았기에
그 음식을 먹는 이들은 큰 축복이어라
그대가 만든 음식은 보약 중의 보약이어라

사랑이 충만한 아름다운 여인이여
베푸는 것에만 익숙한 여인이여
누가 알아봐 주지 않아도 들꽃처럼 미소 짓는 여인이여
밤하늘의 빛나는 별처럼 우리 안에서 빛나는 여인이여

그대 지친 마음 이제는 우리가 어루만져 드리리라
그대 아픈 육신 이제는 우리가 토닥여 드리리라
이제는 우리가 그 은혜에 보답하리라
이제는 우리가 그 사랑에 화답하리라

아무리 힘들어도 내색하지 않고 인내한 삶
아무리 아파도 묵묵히 견뎌온 삶
그대 진실한 미소는 영원히 우리와 함께하리라
그대 고운 눈빛은 영원히 우리와 함께하리라

누웠던 자리

새벽을 건너온 심장이 눈을 떴다
누웠던 자리를 가만히 쳐다보았다
발길질에 이리저리 구겨져서 헝클어진 이불
이리 끌리고 저리 끌린 이불을 정돈한다

시선은 베개로 건너가 고정되었다
밤새 눌러졌는데도
밤새 짓밟혔는데도
제 모습을 그대로 간직하고 있는 베개

휘어진 등을 누인 그녀를
어두운 밤 내내 감싸주었던 베개와 이불
긴 터널을 지나 바르게 펴져 있는
보이지 않는 등을 보듯
보이지 않는 그 사람을 생각했다

누웠던 자리를 한참 바라보았다

행과 연의 향기

세상은 하나의 커다란 병원이다
마음을 이탈한 신음소리가
여기저기에서 들려온다

시가 다가가
울고 있는 그녀를 안아주었다
가슴속 가시를 둥글게 안아주고
억압하고 누르기만 했던 감정을 읽어주었다

행과 행으로 향기를 뿌리고
연과 연으로 쉼터를 만들어 주었다
행간에서 노닐다 날이 저물었다
연의 이랑에서 노닐다 석양 속으로 들어갔다

속물

신랑이 20년 동안 팬티 빨아주었다고
결혼 20주년에 사 준 차
사고로 차는 죽고 나는 살았다
8년 동안 나의 발이 되어준 1977,
사고로 '칠칠이'를 폐차시켜야만 했다

처음으로 소리 내어 나에게 전하는 말
살아 있어서 고맙다
고맙다 살아 있어서 참 고맙다

죽다가 살아난 엄마를 위로한다며
딸아이가 전 재산으로 사 준 차 번호가 1088,
'팔팔이'를 타니
중고차지만 그 어느 차보다 좋다

몇 년 후면 1099, 구구야가 생길까
그 차는 아들이 사 주려나

차디찬 겨울바람이 나에게 한마디 한다
어쩜 그리 '속물'이냐고

돌아가는 길

길을 걷는다
구부러지고 휘어진 길
그래도 그 길을 걷는다
뚜벅뚜벅 걷고 걷는다
십오 년을 걸었는데
오늘 하루가 문제랴

칼바람이 길을 막고 서 있다
길 위에서 눈물을 쏟아낸다
쏟아낸 눈물이 길 위에 뿌려지고
비가 되어 온 대지를 적신다

온몸으로 비를 받으며
캄캄한 어둠속을 헤맨다
부서진 가슴으로 돌아가는 길을 찾아 나선다

풀꽃과 바람이 내 손을 잡아주며
길을 안내하며
튼튼한 이정표 하나 떡하니 건넨다

안으로 안으로 참는 법을 배우며
구부러진 길 위에 묵묵히 서 있다

원정매 元正梅

매화 향기에 제대로 취하고 싶으면
지리산 자락 산청으로 오시라
대한민국 아름다운 마을 1호 남사 예담촌
그곳에 있는 매화집에 가 보았는가
700여 년 최고령 매화나무의 기상을 보았는가
오는 세월을 인내하여 피어난 그 기품을 느껴보았는가

매화 중의 매화, 원정매元正梅 향기여
숨죽이고 숨죽이며
고목에서 이어져 나와 여린 가지에 꽃을 피우고
겨울을 이겨낸 매화 향기 온 누리에 퍼진다
밝은 창가에서 주역 읽는 하즙 선생이 되어
원정구려에 앉아서 매화 향기에 취하니
마음은 이미 사무사思無邪의 경지에 도달하였다

원래의 숭고한 몸속 겉 뿌리에서 후계목이 탄생하니
이 얼마나 경이로운 탄생인가
그 매화 향기 이 화백이 그림으로 담으니
원정매 향기 다시 태어나 천년 만년 이어지리라

꽃 중의 꽃 원정매元正梅여
다시 700년이 지나 피고 또 피어나
어두운 세상을 환하게 밝히는 등불이 되어라

정당매 政堂梅

놀랍고 놀라워라
손 가지가 잘려나가고
팔 가지가 잘려나가도 절룩거리는 걸음걸음
선비의 기상으로 다시 일어나 매화 향기 피우나니
비로소 지리산자락 산청에 봄이 왔구나

산청 운리 탑동마을 단속사 터에 서서
민초들에게 향기를 나누어 주는 정당매여
매화각梅花閣에 새긴 이름 그 기상을 노래하노라
이 화백이 그린 그 옛날 정당매의 모습은 어디로 갔는가

아 아프고 아리고 또 슬프도다
너의 잘린 가지는 형체를 잃어버린 지 오래
긴 긴 세월 어찌하여 견딜 수 있었는가
600여 년의 세월을 어찌하여 버틸 수 있었는가
어이하여 산청 땅에 꽃을 피울 수 있었는가

정당매 숭고한 향기여
거룩하고 위대하여라
600년 피고 지는 세월이여
정당매 후계목으로 그 향기 이어져
옛 기상 그대로 대대손손 꽃 피우리라

남명매 南冥梅 향기여

지나간다
훑고 지나간다
때 이른 폭풍우가 훑고 지나간다
폭풍우에 부서진 저녁노을이 훑고 지나간다

지리산 천왕봉 유유히 바라보며
수백 년을 피고 지고, 지고 피는 남명매여
따스하고도 고요하여라 깊고도 찬란하여라
산천재 뜨락에 우뚝 서 있는 한그루 남명매여

구름으로 칭칭 휘감긴 천왕봉 아래 서서
새소리 바람 소리 풀꽃 소리 품어 주는 남명매여
하늘의 높은 뜻을 새겨듣듯
산천재 가득 가없는 향기로 피어난 남명매여

돌고 돌아
수백 년 무치無癡 고결한 향기로 태어난 남명매여
산천재 뜨락 너머 덕천강으로 지리산으로
온 세상을 소리 없이 품어 주는 남명매 향기여

울어도 좋아 괜찮아

의식과 무의식이
왕복을 일삼는다
작은 이름으로 울 곳을 찾는다

가장 나약한 인간의 이름으로
가장 여린 풀꽃이 되어
목 놓아 울 곳을 찾아 나선다

나무가 속삭인다
내 품에 기대어 울어도 좋아

또 다른 나무가 속삭인다
마음껏 울어도 좋아 괜찮아
모든 게 너의 잘못이 아니야

괜찮아
너는 소중한 사람이야
너는 이 세상에서 가장 소중한 사람이야

울어도 좋아
목 놓아 울어도 괜찮아
여기까지 참 잘 살아왔어
토닥토닥 토닥토닥

꽃 밥상

봄꽃 같은 초대장을 받았다
아들 신혼집 사랑채로
남편과 단정하게 차려입고 사랑채로 들어섰다
축하 꽃 밥상이 차려져 있었고 나의 시낭송이 흘러나왔다

새아가는 주방마님으로 아들은 주방보조로
차려진 시아버님 생신상
갈비찜, 김치찜, 미역국, 나물, 조기…

게 눈 감추듯 밥을 두 그릇이나 뚝딱 먹었다
선물까지 받아들고는
싱글벙글 웃음을 감추지 못하는 중년의 이 남자

고맙다는 말 대신
새아가에게 하는 말
"앞으로는 절대로 이런 밥상 차리지 마라"

그 말이 왜 '이런 밥상을 또 받고 싶다'로 들리는지
세월의 흔적 고생한 흔적으로
줄어든 머리카락을 밀어 올리며
표시 나게 익어버린 미간을 움직인다

무뚝뚝한 56살 양띠 남자가
이빨을 드러내며 웃는 겨울날
봄꽃보다 더 예쁜 아롱다롱한 새아가표 밥상

그 앞에서 남자는 순한 양이 되었다
새 아가와 아들의 마음으로 차려진 밥상을
남편과 나는 '꽃 밥상'이라 불렀다

사랑

가슴과 가슴이 맞닿은 추억들이
향기로운 새벽을 열어준다
아픈 추억들도 올라와 눈을 감아본다

가시처럼 아픈 추억도
나의 것이고 우리의 것이다
추억이 사라지면 비로소 이별이다
추억할 것이 있다는 것은 사랑한다는 것이다

짙어가는 연초록 잎들의 속삭임 사이로
양천강과 경호강이 만나는 곳에서
우리는 추억 속을 걷고 있다

다시 사랑

작은 육신으로는 도저히 건널 수 없는
강물을 만났습니다
너무 험하고 높아서
도저히 오를 수 없는 산도 만났습니다
그 무게를 감당하지 못해 새벽을 밝히며
다 내려놓자고 마음을 다잡았습니다
꿈도 사랑도 열정도 다 내려놓자고 말입니다

눈에 보이지 않는 이상을 찾아서
앞만 보고 걷다가 발아래를 보며
고개를 숙이고 걸었습니다
걷고 걷다가 보도블록을 뚫고 꽃대를 밀어 올린
노오란 민들레를 만났습니다

다시 사랑하라고 낮은 음성으로 속삭이는 것 같았습니다
"그래, 그래" 민들레의 음성에 화답해 봅니다
다시 일어나 아무 일도 없는 듯
맨 처음의 가슴으로
노오란 꿈을 꾸고 사랑하며 살아야겠습니다

매듭달의 연가 戀歌

12월, 매듭달은 감사의 달입니다
고마운 사람들의 이름을 하나하나 적어보며
감사의 인사를 전하는 달입니다

매듭달은 책을 선물하는 달입니다
서점을 여행하며 마음을 끌어당기는 시집을 사서
누군가의 가슴으로 선물하는 넉넉한 달입니다

매듭달은 지리산 풍경처럼 고요한 달입니다
고요한 마음으로 지리산 둘레길을 거닐며
자연의 소리, 마음이 하는 소리에
귀 기울이는 달입니다

매듭달은 어머니의 품처럼 따뜻한 달입니다
사연 많은 열한 달을 자식처럼
품어 주는 달입니다
눈꽃이 피어나 대지를 감싸주니
추워도 춥지 않은 따스한 달입니다

매듭달은 가장 낮은 달입니다
최고로 높은 달이 아니라 가장 낮은 달입니다
겸손한 마음으로 걸어온
발자국의 흔적을 살피는 달입니다

매듭달은 시작하는 달입니다
끝나는 달이 아니라 다시 새움이 돋는 달입니다
새해 새달로 가는 시작의 통로입니다

매듭달은 아름다운 달입니다
지금까지 견뎌온 삶을 어루만지며
새로운 마음으로 다시 꿈을 꾸는
진정 아름다운 달입니다

행복

내 영혼을 흔드는 바람을
고요하게 잠재우는 사람이 있다
생각하면 미소 짓게 만드는 참 좋은 사람들
풀꽃과 나무에게 눈 맞춤을 하고
감정의 관을 함께 누비는 사람,

사랑하는 가족이 내 곁에 숨 쉬고 있고
건강한 두 발로 걸어가 사랑하는 이를 만날 수 있으니
이 얼마나 감사한 일인가

오늘도 한 편의 시를 낭송할 수 있고
같은 마음으로 시를 낭송할 사람들이 있으니
더 무엇을 바라겠는가

시인의 삶은 시다. 다 詩다.

- 용혜원(시인) -

시인의 삶은 시다. 다 詩다.

- 용혜원(시인) -

김태근 시인은 온 세상이, 온 삶이 다 시라고 마음으로부터 세상을 향하여 외치며 시를 쓰고 있다. 김태근 시인은 타고난 시인이다. '다 시詩', 어찌 이런 표현을 할 수 있을까? 시를 쓰는 시인이고 시인의 가야 할 길, 시인이 해야 할 일이 시라는 것을 알고 있기에 김태근 시인은 시인들에게, 독자들에게 시를 통하여 온 세상이 '다 시'라고 명쾌하게 말하는 것이다. 온 세상이 시다. 내가 만나고 보고 느끼는 것이 내 인생이 '다 시'다. 눈을 떠보아도 시고 눈을 감아 보아도 시다. 세상의 모든 빛깔이 시요. 세상의 모든 마음이 시다. 시 속에서 천년 백년을 산 듯이 시 속에 빠져 있는 삶이 깊고 깊다. 시를 쓰고픈 마음이 들꽃이 되고 바람이 되고 마음속에서부터 시를 쓰고 있다.

시인의 삶은 시다. '다 시'다. 시인의 생각, 시인의 마음, 시인의 행동이 시다. 시인이 눈으로 보고, 귀로 듣고, 입으로 말하는 것이 시다. 그래서 시인은 시를 쓴다. 시를 쓰지 않고

서는 견딜 수 없어서 시를 쓴다. 시인은 시를 사랑하는 마음으로 시로 쓰지 않고서는 살 수가 없어서 시를 썼다. 사랑이 시가 되고 그리움이 시가 되고 보고픔이 시가 되어 그래서 드디어 모든 것이 시가 되었고 다 시가 되어 김태근 시인은 간절한 마음으로 온 마음과 온몸을 시혼으로 불태워서 시를 쓰고 있다.

눈만 뜨면 만지고 싶다
눈을 감아도 만지고 싶다
가슴을 휘돌아 수만 가지 빛깔로 다가와
보이지 않는 마음을 어루만지고 싶다

천 년 전쯤 너를 스치고 지나갔을까
백 년 전쯤 너를 알게 되었을까

어떤 날은 경호강 윤슬로 반짝이다
어떤 날은 적벽산 들꽃이 되었다가
어떤 날은 지리산의 바람이 되어
출렁이다 출렁이다 쓰러진다

- 「다 詩」 전문

시인이 시를 쓴다는 것은 고행이면서도 가장 행복한 순간이다. 자기가 걸어온 삶 자기가 살아온 삶, 자기가 가야 할 삶을 시로 쓴다는 것은 신의 복이요 운명이고 축복이다. 김태근 시인은 이 길을 홀로 뚜벅뚜벅 시를 쓰고, 시를 낭송하고 시를 가르치며 사회에 선한 영향을 주며 묵묵히 걸어가고 있다.

김태근 시인은 자기표현이 분명하고 또렷한 시인이다. 자기가 만들어 놓은 시 세계가 있으니 시를 쓰면 쓸수록 시가 살아날 것이다. 독자들을 만날 것이다. 독자들을 감동시킬 것이다. 독자들은 김태근 시인의 시를 읽고 공감하며 깊이 감동할 것이라 확신한다. 내가 그러하였기에….

시인이 시를 쓰는 것은 시인의 생생한 목소리를 세상을 향하여 독자들을 향하여 가슴 시리도록 쏟아놓는 것이다. 살아감 속에 아픔과 고통과 사랑을 살아있는 언어로 시를 써서 표현하는 것이다. 시인이 보고, 가슴으로 느끼고, 상상한 것을 언어의 그림으로 표현한다. 시인은 일생 동안 시를 써 내리며 언어로 세상에 길을 만든다. 시를 쓴다는 것은 시인의 가슴에서 쑥쑥 돋아나는 언어로 표현하는 것이다. 절망과 시련의 능선을 넘어 꿈과 희망을 노래하는 것이다. 시의 잎마다 꽃피고 열매를 맺게 하는 것이다. 시인의 눈물과 시련, 웃음과 행복을 시인의 고통과 절망과 아픔을 영혼을 불살라 간절한 마음을 펄펄 살아 움직이는 언어로 시를 표현하는 것이다. 오늘도 시인의 가슴에 햇살이 가득해 시가 싹튼다. 오늘도 비라는 시가 온 세상에 쏟아져 내려 세상을 흠뻑 적셔준다. 시인은 시를 써야 한다. 시인은 세상의 모든 것을 시로 승화시켜야 한다. 김태근 시인이 그러하다.

김태근 시인의 그리움의 미학이 시가 되었다. 「시詩」는 가슴에 뭉친 사랑의 그리움이 쏟아져 내릴 때마다 시가 되었다. 시인은 지나간 것들에 대한 그리움과 다가올 것들에 대한 그리움이 마음속에 가득하다. 그리움의 시를 쓰다 보니 세월이 흘러 시인이 되었고 삶의 모든 것이 시가 되었다. '다 시'가 되었다. 서툰 시가 아닌 살아있는 생명력이 넘치는 시가 되었다.

　　네가 보고 싶을 때마다 시를 썼다
　　한 편 두 편 서툰 시를 썼다

　　일 년 이 년
　　십 년 이십 년
　　결국 나는 시인이 되고야 말았다

　　이제
　　내가 시가 되는 일만 남았다

- 「시詩」 전문

　　시는 시인이 쓰는 영혼의 노래다. 시가 지닌 이야기는 단순한 의미가 아니라 시인의 시혼을 담고 있어야 한다. 시인은 생을 현실만 살아가기에는 시를 쓰고 싶은 뜨거운 가슴을 가지고 있다. 시를 창작하는 기쁨은 시인만이 느낄 수 있는 기쁨과 감동의 세상이다. 일상의 눈으로 보지 못하고, 느끼지 못하는 것, 미처 깨닫지 못하던 것을 시로써 표현하고 시의 세계를 만들어 가는 시의 미학의 아름다움이 만들어가는 것이다. 이슬은 새벽에 영롱하게 빛을 발하는 자연의 보석 중에 하나다. 그러나 햇빛이 닿으면 사라져 버린다. 시인의 마음에 다가온 시를 쓰게 만드는 시심도 시를 써놓지 않으면 사라지고 만다. 사라진 기억에 다시 돌아오기가 너무 힘들다. 그래서 시인은 시가 연상될 때 써야 한다.

김태근 시인의 아픔과 고통의 미학이 시가 되었다. 시 '어떤 결심'은 시인의 아픔과 고통이 시가 되는 과정을 그대로 표현하고 있다. 씨앗이 찢어지지 않으면 싹이 나오지 못한다. 시인도 마찬가지다. 고통과 아픔과 시련과 고독이 없는 시는 없다. 아픔과 고통의 시간을 통과한 삶 속에서 시가 써지는 것이다. 시를 쓴다는 것은 시인의 가슴에서 쑥쑥 돋아나는 언어로 표현하는 것이다. 절망과 시련의 능선을 넘어 꿈과 희망을 노래하는 것이다. 시의 잎마다 꽃피고 열매를 맺게 하는 것이다. 시인의 눈물과 시련과 웃음과 행복을 시인과 고통과 절망과 아픔을 영혼을 불살라 간절한 마음을 펄펄 살아 움직이는 언어로 시를 표현하는 것이다

오늘은
내 안의 상처를 모아서 시를 쓴다

내일은

사랑의 향기를 모아서 시를 써야겠다

- 「어떤 결심」 전문

시는 연상을 잘해야 많은 시를 쓸 수 있다. 시의 시작은 연상이다. 시인이 연상을 잘하면 수많은 시를 쓸 수 있는 동기부여를 가질 수 있다. 시를 쓰기 위하여 내 마음에 연상을 파종해야 한다. 시는 자연스럽게 싹이 자라나 꽃이 피고 열매를 맺는 풀과 나무와 같다. 시가 지나치게 일정한 형식에 매달리면 공장에서 찍어낸 물건과 다를 바가 없다. 시가 지나치게 어려운 언어로 쓰거나 난해하면 독자들은 발길을 돌린다. 시 속에는 시인 마음의 세계가 있는 그대로 녹아있어야 한다.

김태근 시인은 「시 한 줄이 마음속으로 들어가」 시에서 시와 하나가 되는 하나 됨의 미학을 보여주고 있다. 시인은 시와 한몸이 되어야 살아있는 시, 생명의 시를 쓸 수가 있다.

시와 시인이 하나가 되면 온 세상이 다 시가 된다. 살아있는 생명의 언어가 시인과 하나가 되면 시가 된다. 시인의 사랑도 이별도 상처도 고통도 절망도 희망도 시인과 하나가 되면 시가 되고 표현되어 한 편의 시로 세상에 나온다.

시 한 줄이 마음속으로 들어가

세상이 온통 어두워도

한 줄기 찬란한 빛이 되기를

시 한 줄이 마음속으로 들어가
그 무엇으로 인해
상처받은 마음을 어루만져주기를

생애 가장 아름다운 선물이
'나'라는 존재임을 느끼고
자신이 얼마나 소중한 존재인가를
느끼게 되기를
풀꽃과 나무와 하늘
가족과 이웃의 소중함을 느끼게 되기를

시 한 줄이 마음속으로 들어가
절망 속에서도
바닥을 딛고 일어나
새로운 길로 걸어가는 사람이 되기를

시 한 줄이 마음속으로 들어가
그 어떠한 바이러스도
두려워하지 않으며 견딜 수 있기를

흔들리는 꽃처럼
비와 바람에 젖으면서도
한 송이 고운 꽃으로 피어나기를

시 한 줄이 마음속으로 들어가

스스로를 진정으로 사랑하고

서로서로 사랑하며 살아가기를

- 「시 한 줄이 마음속으로 들어가」 전문

김태근 시인은 시를 쓴다. 평생 시를 찾고, 시를 읽고, 보고, 쓰고 동행하며 살아온 흔적이 보인다. 김태근 시인의 시 속에는 시인이 살아온 삶이 그대로 녹아내려 있다. 시는 시인의 직간접 체험을 써 내리는 것이다. 시인은 목숨이 다하는 날까지 시를 쓰는 삶을 살고 싶어 한다. 시인은 시를 쓰며 자신이 쓴 시를 보고 울고 웃는다. 시인의 마음이 자연스럽게 시에 들어가 있기 때문이다. 시는 시인의 마음을 담아놓은 그릇이다. 이 시는 시인의 삶을 그대로 표현한 것이다. 시인의 생각 속에서 시의 연상의 떠오르면 시인의 영감은 손끝에서 시를 쓴다. 시인은 넓고 깊게 다양한 연상을 해야 다양한 시를 쓸 수 있다. 시인의 마음은 제한되지 않고 자유로워야 한다. 시인은 시의 언어로 시를 쓰고 시의 언어로 그림을 그리고 시의 언어로 리듬을 타고 시를 언어로 조각한다. 좋은 시는 첫째, 읽기가 쉬워야 한다. 둘째, 읽으면 그림이 그려져야 한다. 셋째, 리듬감을 타야 한다. 넷째, 감동을 주어야 한다.

김태근 시인의 시는 읽기가 쉽다. 읽으면 그림이 그려진다. 시를 읽으면 리듬을 타고 공감 후에 오는 감동까지 있으니 시가 갖추어야 할 모든 조건을 모두 갖추고 있고 조화를 잘 이

루고 있다.

　김태근 시인의 시 「아무나」는 사람이면 누구나 갖고 있는 감정을 시로 표현하여 공감대를 금방 형성할 수 있는 시다. 이 시는 마음 나눔의 미학을 보여주는 시다. 독자들은 시를 읽다 시인과 감성이 같을 때 감동하고 좋아하는 것이다. 사람들의 마음은 동일하다. 시인은 시 속에서 같이 공감대를 이룰 수 있는 마음으로 시를 써야 한다.

　살다 보면
　아무나에게 기대어 울고 싶을 때가 있다

　살다 보면
　아무나에게 마음을 다 내보이고 싶을 때가 있다

　지독하게 외롭고 쓸쓸한 마음이
　온통 나를 지배할 때가 있다

　무엇으로도 위로가 되지 않고
　어디를 가도 낯선 느낌이 사라지지 않는
　그런 날엔
　나도 누군가에게 아무나가 되었으면 좋겠다

　　　　　　　　　　　　　　　　　　　　- 「아무나」 전문

김태근 시인의 사랑과 그리움의 미학이 시가 되었다. 시 「사랑」이다. 사랑이 없는 문학은 없다. 사랑이 없는 시는 없다. 모든 예술은 사랑으로 시작하여 사랑으로 막을 내린다. 사랑은 언제 어느 때나 시대를 막론하고 시인들이 시를 쓴다. 가시처럼 아픈 추억도 나의 것이고 우리 것이다. 추억이 사라지면 비로소 이별이다. 추억할 것이 있다는 것은 사랑한다는 것이다. 정말 사랑하지 않는다면 추억까지 깨끗하게 지워 버리고 말 것이다. 추억은 사랑이 남겨놓은 지난날의 소중한 시간이다. 이 소중한 추억의 날을 김태근 시인은 시로 표현하고 있다.

　　가슴과 가슴이 맞닿은 추억들이
　　향기로운 새벽을 열어준다
　　아픈 추억들도 올라와 눈을 감아본다

　　가시처럼 아픈 추억도
　　나의 것이고 우리의 것이다
　　추억이 사라지면 비로소 이별이다
　　추억할 것이 있다는 것은 사랑한다는 것이다

　　짙어가는 연초록 잎들의 속삭임 사이로
　　양천강과 경호강이 만나는 곳에서
　　추억 속을 걷고 있다

　　　　　　　　　　　　　　　　－「사랑」 전문

김태근 시인의 기다림의 미학이 시가 되었다. 시 「무화과」
는 기다림을 아름답게 표현하고 있다. 인생의 삶은 기다림이
다. 짧은 기다림도 길고 긴 기다림도 있다. 영영 찾아오지 않
을 기다림도 있다. 기다려도 꽃을 볼 수 없는 무화과, 시인은
무화과 꽃을 시 한 편으로 피워 놓았다.

꽃을 감춘 열매를 먹는다

님이 몰래 가슴에 심어 놓고 가신
꽃 한 송이
향기로 가득 찬 그 열매를 먹는다

언제쯤이면
웃으며
밖으로 꽃을 피울 수 있을까

언제쯤이면
환하게
별빛을 보여 줄 수 있을까

사랑을 감춘 무화과를 먹는다

　　　　　　　　　　　　　　－「무화과」 전문

김태근 시인의 행복의 미학이 시 「행복」에 그려지고 녹아져 있다. 김근태 시인은 가족이 좋아 행복하고 시를 함께 나누고 낭송하는 사람들이 있어 삶이 행복하다.

시를 계속하여 쓰려면 생각 속에만 갇혀 있지 말고 시의 다양성을 위하여 다각도로 시의 세계를 넓혀 나가야 한다. 시의 세계를 넓고, 깊고, 높게 하기 위하여 연상과 쓰기가 중요하다. 시를 연상하는 능력이 뛰어나고 언어 표현 능력이 계속 상승하고 자라나고 살아나야 한다. 시인의 언어 구사력이 제한되어 있으면 시를 쓰는 데 한계가 있다. 시를 쓰는 단어와 연관어가 많아야 한다. 시를 몇 편 쓰고 나면 바닥이 난 것처럼 시가 잘 써지지 않는다. 연상과 시를 표현하는 언어의 한계이다. 시를 쓰려면 우리말을 다루고 있는 다양한 책을 통하여 풍부한 언어 능력을 가져야 한다. 단어, 숙어, 형용사, 감탄사 등 언어를 많이 습득하여 알수록 표현 능력의 범위가 넓고 높고 깊어질 수 있다.

내 영혼을 흔드는 바람을
고요하게 잠재우는 사람이 있다
생각하면 미소 짓게 만드는 참 좋은 사람들
풀꽃과 나무에게 눈맞춤을 하고
감정의 관을 함께 누비는 사람,

사랑하는 가족이 내 곁에 숨 쉬고 있고
건강한 두 발로 걸어가 사랑하는 이를 만날 수 있으니
이 얼마나 감사한 일인가

오늘도 한 편의 시를 낭송할 수 있고
같은 마음으로 시를 낭송할 사람들이 있으니
더 무엇을 바라겠는가

-「행복」 전문

　김태근 시인의 시는 절정의 미학이 나타난다. 시를 평생 동안 쓰려면 시의 소재가 많아야 한다. 여러 시인의 시 중에 대부분은 시의 소재가 제한되어 있는 것을 볼 수 있다. 시집을 읽으면 시 제목도 제한되어 있음을 느낄 때가 많고 같은 제목의 시가 많다. 시인들의 관심이 서로 같다는 것을 알 수 있다. 시인의 생각과 연상이 한계에 갇혀 있다는 것을 알게 된다. 시의 폭을 넓혀 나가야 시의 세계를 넓힐 수 있고 시의 영역을 넓혀가며 다양하고 폭넓게 많은 시를 쓸 수 있다.

　김태근 시인은 시를 다양하고 폭넓고 깊게 쓰고 있다. 김태근 시인만이 가지고 있는 독특한 시 세계가 눈길을 끌고 마음을 이끌어 간다. 시를 계속하여 쓰려면 생각 속에만 갇혀 있지 말고 시의 다양성을 위하여 다각도로 시의 세계를 넓혀 나가야 한다. 시의 세계를 넓고, 깊고, 높게 하기 위하여 연상과 쓰기가 중요하다. 시를 연상하는 능력이 뛰어나고 언어 표현 능력이 계속 상승하고 자라나고 살아나야 한다. 시인의 언어 구사력이 제한되어 있으면 시를 쓰는 데 한계가 있다. 시를 쓰는 단어와 연관어가 많아야 한다. 시를 몇 편 쓰고 나면 바닥이 난 것처럼 시가 잘 써지지 않는다. 연상과 시를 표현하는 언어의 한계이다. 시를 쓰려면 우리말을 다루고 있는 다양한 책을 통하여 풍부한 언어 능력을 가져야 한다. 단어, 숙어, 형용사, 감탄사 등 언어를 많이 습득하여 알수록 표현 능력의 범위가 넓고 높고 깊어질 수 있다. 시의 언어의 표현 능력을 다양하게 넓혀야 한다.

김태근 시인의 시는 「절정」에서 깊은 절정의 미학을 보여준다. 모든 절정은 아름답다. 계절의 절정 가을이 아름답다. 하루의 절정 노을이 아름답다. 인생의 절정은 황혼이 아름답다.

단풍이 불타고 있다
계절의 노예가 되어
장대비에 후두둑 그리움이 쏟아진다

아무런 준비도 없이
기습을 당하고 말았다
단풍잎 위로 뜨거운 액체가 뿌려진다

발가락부터 물든 붉은 눈물 자국
온몸을 불태우고 말았다

- 「절정」 전문

김태근 시인의 시의 세계는 아주 다양하고 넓고 무궁무진하다. 시를 써갈 수 있는 공간은 넓고 넓은 세계다. 그 넓고 깊은 세계를 살아있는 생명의 언어로 잘 표현해야 한다. 언어의 다양성이 시의 세계를 넓혀주어야 한다. 시를 오래도록 다양하게 쓰려면 언어의 그릇을 넓혀 나가야 한다. 언어의 바다에 배를 띄워 자유롭게 항해를 시작해야 한다. 시를 통하여 읽을거리, 말할 거리, 상상할 거리, 전할 거리, 공감 거리, 감동 거리를 만들어 주어야 한다.

　김태근 시인은 해오름달의 연가에서 시인의 간절한 소망을 노래하고 있다.

　시인의 시가 독자들의 마음속에서 '마음 꽃향기가 되어 지천으로 퍼질 날'을 기다리고 있다. 시인이라면 누구나 갖는 마음이다. 이 시집에 시들이 독자들에게 읽어져서 시인이 원하고 바라는 날들이 속히 다가오기를 바라는 마음이다.

　　일월 해오름달
　　일월이라 소리를 내어 읽어보면
　　잎 속에 동글동글 동그라미가 피어난다

　　거센 폭풍우 눈보라가 휘몰아치고
　　얼굴 없는 바이러스 곳곳에 퍼져
　　그대와 나, 지구를 위협해도
　　'해오름달'이라 소리 내어 보면
　　잎 속에 동그란 꽃이 피어난다

해오름달은 처음의 마음이 모두 모이는 달이다
마음이 나이 들어 우울함이 차오른다면
처음의 마음을 소리쳐 불러내 보라
희망까지 대동하여 마음꽃이 피어날 것이다

해오름달에는 우리 다시 일어나
호랑이처럼 당당하게 열두 달을 거닐어보자
마음꽃 향기 지천으로 퍼지도록

- 「해오름달의 연가」 전문

김태근 시인이 쓴 시는 모두 다 소중하다. 시는 김태근 시인의 마음에서 터져 나오는 마음으로 쓴 삶의 애환이 그대로 담긴 시다. 이 세상 살고 있는 사람들, 누구나 마음을 마음껏 노래하는 것이 시다. 슬픈 마음, 기쁜 마음, 서운한 마음, 애절한 마음, 고독한 마음, 사랑의 마음을 표현한다.

시 한 편 한 편이 김태근 시인의 삶을, 김태근 시인의 마음을 고백하고 표현한 것이다. 시는 틀에 맞춰 쓰는 것이 아니라 흘러내리는 마음을 있는 그대로 자연스럽게 써 내리고 있다. 세상의 모든 것은 왔다가 떠나가야 하는 것, 살아있는 날 동안 살아있는 감성으로 그때그때의 마음을 노래하고 살아가는 것이다. 김태근 시인의 시는 시인의 삶이며 모든 것이다.

새 아가표 「꽃밥상」, 「속물」 같은 시를 읽어보면 가족 간의 깊고 돈독한 사랑이 김태근 시인의 삶의 원동력이 되었음을 엿볼 수 있다. 또한 자연을 닮은 시인이다. 산청 삼매인 원정매, 정당매, 남명매에 대한 시를 읽었으니 내년 봄에 산청에 가서 산청삼매와 마주하고 싶어진다.

김태근 시인의 시를 통하여 시인의 진솔한 마음을 먼저 읽어야 한다. 어떤 시도 그냥 써진 시는 없다. 시인이 살아온 굴곡만큼의 삶의 흔적이 고스란히 그대로 담겨 있고, 진흙 속에서 피는 연꽃 같은 시속에서 삶의 희로애락이 온전히 녹아 있다. 이처럼 온 세상에 살아있는 모든 언어로 세상의 모든 사람 누구나 자신의 감정을 표현할 수 있어야 한다. 세상의 모든 언어가 시어다. 매일 시를 먹는 여자, 김태근 시인이 바로 시다. 온 세상이 '다 詩'다.